KB059639

동백

동백

육근상
시집

솔
시선
36

| 시인의 말 |

　일선에서 물러난 후 깃들어 살던 가래울 들어왔다 여전히
지키며 살고 있거나 근방에 터전 마련한 동무들 그리웠다
오랜만에 땅개 개터래기 삐깽이 똥지개이 산바람 물바람 소
환하여 '판' 벌였다 함께해준 동무들에게 고마움 전한다

2024년 6월 17일
가래울에서
육근상

제2부

제3부

제4부

제1부

제비꽃 제비꽃

손님 오신다기에

일찌감치 나와 강변길 걷다

냉이 좀 캐고

다슬기처럼 느릿느릿 걸어보고

물소리 들으며 귀도 좀 씻어보고

제비꽃 제비꽃 불러도 보고

봄눈

벙거지 쓴 아이들 몰려와
지그린 문 두드린다

이것은 빼꾸 손자
조것은 개터래기 손녀
요것이 여울네 두지런가
베름빡 달라붙어 봄바람 타고
손 내밀어 문고리 잡아당기고
성황당 자리 맴돌다 솟아오른다

요놈들
요놈들
마당 한 바퀴 돌아
흩날린다

뜨락에 흰 꽃 피었으니
바람 따라간 것도 있으리
돌아가 영영 오지 않는 것도 있으리

동춘당

홍매라는 여인
가지마다 방울방울 맺혀 있다

소나무처럼 자랐으면 좋겠어
어린아이 출썩거리며 편액 바라보고 있다

하늘이 가깝게 내려온 팔짝 지붕 휘돌던
검은 새 흰 새 명륜당 뜰 앞으로 날아갔다

나는 쥘 부채 그러쥐고
손바닥 소리 내어 치며 말하였다

어린아이는 하늘이오 새 울음은 생명이로다
양손 얼굴 가려 붉게 맺힌 여인도 있다

• **동춘당** 대전광역시 대덕구 송촌동 동춘당 공원 내에 있는 조선 시대의 건축물

해나무팅이

해나무팅이라는 곳은
다 헐 수 읊는 말 빈 마당 휘돌먼
천장 내려온 먹구렝이 문지방 넘어
대숲 아래 똬리 틀고 있다는 거다

새벽밥 준비허던 엄니
투거리 들고 장 뜨러 나왔다
아덜아 오짠일여 언능 들어가자
아니다아니다 정짓간 들어가
주먹밥 쥐어주며 잽히먼 안 된다
엄니는 암시랑토 않웅게 호따고니 넘어가그라
지푸재 새앙바위 뜬 그믐달인 거다

뒤안길 달음박질치다 넘어져
손톱 빠지고 이마빡 깨고
옆구리 터져 돌아와 보니
뚜껑이 개터래기 땅개 모르는 척이다
아무 말 허지 않는다
그슨새 지나간 자리 읋고서야

숨죽이고 핀 꽃들 펀던 달려나갔겠는가
돌아보도 않고 피반령 넘어갔겠는가

- **해나무팅이** 마을의 볕이 잘 드는 구부러지거나 꺾어져 돌아간 자리
- **투거리** '뚝배기'의 충청 방언
- **암시랑토** '아무렇지도'의 전라 방언
- **호따고니** '후딱, 빨리'의 충청, 전라 방언
- **지푸재** 대전광역시 동구 소호동에 있는 고개
- **그슨새** '어두운 밤에 보이는 헛것'이라는 '두억시니'의 제주 방언. 제주도의
  우장을 뒤집어쓴 모습을 하고 있으며, 사악한 기운이나 원통하게 죽은 원혼을
  뜻함
- **펀던** 마을 앞 펀펀한 들판
- **피반령** 충청북도 보은군 회인면과 청주시 사이에 있는 고개 이름

화엄장작

하는 일마다 꼬이고 꼬여
꼬인 자리 닳아 더 이상 꼬일 것도 없는 날
골방 구석 틀어박혀 수염이나 길러볼까

반쯤 세어버린 까슬까슬한 청춘 쓰다듬다
덥수룩하니 밥상머리 앉아 쿨럭거리니
새챙이 길 벚나무도 나와 같아서
벙근 꽃잎 한 장 한 장 떼어내며 고개 숙인다

한때 우리라는 말 민주라는 말 사랑이라는 말 더듬거려
밤 잊은 적 있다 저녁 어스름이면 강변길 걸어 내일 기약한
적도 있다 청춘은 잔잔한 물결처럼 너그럽다거나 젊은 아
낙 뽀얀 발목처럼 가슴을 쿵쾅거리게 한다거나 이렇게 차
가운 저녁 바람 부는 날 엄니 품처럼 따스하지 않았다

컴컴한 고향 집 들어와
엄니처럼 아궁이 앞에 앉아
송진 단단하게 굳은 장작 집어넣으니
혼찌검 내는 듯 타닥타닥 소리 지르며
훤하게 나를 밝힌다

● **새챙이** 대전광역시 동구 사성동

이사

실비는 피기도 전 미륵원 목탁 소리로 들어갔고

삐깽이네는 멸구네 비알밭으로 들어간다 하였다

살구네는 장꽝 옆에서 홑이불 털며 무명 저고리로 흥겨 웠다

짜구 엄니가 사발이며 숟가락 가득 담은 소쿠리 이고 나 오자

뒤란 어슬렁거리던 누렁이가 주춧돌 바짝 붙어 한쪽 다 리 들었다

부소무늬에는 개옻나무 꽃이 부스럼처럼 핀다 하였다

엄니가 문설주에 찍어 바른 눈물이 고욤잎 울음처럼 슬 펐다

- **비알밭** '비탈밭'의 강원, 충청 방언
- **부소무늬** 충청북도 옥천군 군북면 추소리

봄볕이 찾아와

봄볕이 찾아와 강변길 걷는디
보리밭 둑 제비꽃 쓸쓸하다
쪼그리고 앉아 눈 마주쳐 말 건네니
어떤 사랑이 흔들어 깨웠나 몸 바르르 떤다

이마의 땀은 바람이 닦아주었고 나는 발 씻어 디뎠다
찔레꽃처럼 뽀얀해졌으니 가시는 길 가뿐해졌으리라
해지는 쪽으로 휘어진 물길 바라보며 일어서려는디
챙 넓은 모자며 노을빛 우아기며 흰 종아리까지 벗어놓은
여인이 흘낏흘낏 흘러간다

나는 이제 버드나무 강물로 다 늙어버렸으니
한여름에도 눈발 흩날린다는 마을 들어갈 터
들어가 영영 돌아오지 않을 터

• **우아기** '겹옷'의 함북, 충청 방언

소만

봄날 간다 허여
갱변 버드낭구 기대 쇠부랄처럼 축 늘어져 있는디
소만이 늠 그냥 지나갈 리 웂제

괴나리봇짐은 메고
염생이 새끼처럼 턱수염은 질다랗게 허여
보리밭 고랑 출렁출렁 근너와서라미 헌다 말이
엊저녁 술 자셨능감 오째 아침부터 힘아리가 웂디야
술이야 뭐 엊저녁 증조부 기고가 들어서라미
북어랑 뜯어놓고 오지게 마셔부렀제

그 냥반두 참 작달막해서리
반짝거리며 기방집 엥간히 들락거렸는디
지개 작대기 장단 두드리며 추는 깽깽이 춤 하나는 볼만
했제
임자 임자는 오떠 장단 칠 줄 아능감
괴나리봇짐 풀어 모리미 한 통 끄내 따뤄주면서
한잔허여
만나기만 허면 경칩이 찾어내라 볶아대지만 말구

22

한잔 쭈욱 허여
곰세 입꼬리 귀에 걸고 한잔허는디
소만이 한 잔 나 한 잔
나 한 잔 소만이 한 잔 허다가
헹님 한 잔 소만이 늠 한 잔 인자 홍이 올라서라무네
낭창낭창 버드낭구 가지 꺾어 발바닥 두둘기며
벼얼들이 소근대는 홍콩의 밤거리

이늠아 이 웬수 같은 늠아 여게가 홍콩이냐 홍콩이냐구
멱살은 쥐고 실랑이허다 도랑으로 궁굴러 가는디
열무밭 댕겨오던 각시 깔짱은 끼고 바라보고서라미
아이고 저 웬수 또 술여 술

- **힘아리** '힘, 기운'을 뜻하는 충청 방언
- **엥간히** '어지간히'의 충청, 전라 방언
- **모리미** '물을 섞지 않은 술' 전내기의 충청, 경상 방언
- **곰세** '금세'의 황해 방언

꿀벌

엄니가 생을 다하여
사경 헤매고 있던 날
마당 가득하게 작약은 피었네

뜰팡에 벌통 몇 개 놓고
꿀 따곤 하셨는데
겨울날이면
늬덜두 목숨인디 먹구살으야지
아나 아나
벌통에 설탕물 부어주곤 하셨네

그러던 초파일이었을 것이네
보광사 연등이 마을 휘돌아
나처럼 흔들리던 저녁 무렵이었을 것이네
꿀벌은 엄니 보이지 않자
모두 날아가 버렸네

허리에 상복 무늬하고
끝없이 걸어 나오던 꿀벌들

밀랍을 먹감나무 가지에 발라놓아도
영영 돌아오지 않았네

오지 않는 시

내가 약관일 제 시 한 편 만나
철천지원수로 여적 몸에 달고 사는디

어찌나 독한 늠인지
어느 때는 잔잔허게 흐르는 강 물결이었다가
어느 때는 앞이 보이지도 않게 흩날리는 눈발이었다가
또 어느 때는 빨랫줄 널어놓은 윗도리로 꽝꽝 얼었다 풀
렸다
동태 황태 춘태 추태 조태 코다리 노가리였다 허는디
오늘은 무슨 바람 불었나 식전 해장부터 찾아와서라미
안방 건넌방 정짓간 벤소간 별쫑맞게 극성만 떨다
손끝 붙었다 눈썹 매달렸다 저범 붙었다 숟가락 붙었다
인자 문고리 달라붙어 떨어지지를 않았것다

일찍이 엄니 살아 기실 적
우리 집안 글쟁이 읎었다 댓바람에 술 퍼묵고 돌아댕기
는 주정뱅이 읎었다
한번 발목 잽히면 빠져나오기 힘등게 연필일랑은 신말
미 생강밭에 묻어두라 허셨으니

무에 아순 것 있어 아직 버리지 못허고 꿈결에라도 한번
보고 싶어

　술 한 짝 받어 부뚜막 앞에서 김치보시기 뒤적거려 지둘
리면

　채려놓은 밥상 받듯 반갑게 달라붙기는 둘째치고 본체
만체라

　귓등에 꽂은 연필만 벼르게 만든다

- **저범** '젓가락'의 충청 방언
- **신말미** 대전광역시 동구 추동마을 끝에 있는 지명

동백

1

베까티 누구 오셨슈

잣나무 가지 흔드는 밤 언 강 건너 늬 아부지 오셨나 보다
흩날리는 눈발 바라보며 흐릿한 전등불 바라보며 엄니는
타개진 바짓가랭이 꿰매며 혼잣말이시다 틀니 빼어놓았는
지 뜯어낸 실밥 오물오물 머리에 얹고 방문 열어 먼 데서 오
시는 눈발 바라보다 덜그럭거리는 정짓문 바라보다

동백은 칼바람 부는 밤 새끼를 낳았구나 울타리 벌겋게
핏덩이 낳아놓았구나 아이구 장허다 장혀 쓰다듬어 바라
보는 대청마루에 눈발도 잠시 쉬어 간다

2

동담티 넘어가는 동짓날 밤 마른 눈 흩날린다 이 고개 넘
으면 북에 식솔들 두고 내려와 홀로 지내는 노인 산다지 신
세가 나와 같아서 산오리 몇 마리랑 손꼽아 기다리며 산다
지 북청 얘기만 나와도 눈 반짝거려 이런 밤 우리 오마니는
국수를 밀었어라우 눈길 밟으며 떠 오신 동치미 국물에 국

수 말아 끌어 올리면 오마니 잔주름 같은 밤이 자글자글 깊
어갔어라우 오마니 우리 오마니 영영 오지 않는 아바이만
불렀어라우

베까티 누가 오셨슈

3
마른 눈 흩날리는 밤 누가 오신 듯 개가 짖는다
아버지 오셨다 간 듯 휘어지는 동백가지 컹컹 짖는다

- **베까티** '바깥'의 충청 방언
- **타개진** '터진'의 강원, 경북, 충청 방언
- **동담티** 대전광역시 동구 효평동에 있는 고개
- **오마니** '어머니'의 평안 방언
- **아바이** '아버지'의 평안 방언

사랑

쪽파 몇 단 들고 가려 시장 나왔는디 할머니 두 분 난전
앉아 다듬고 있다 얼마냐 물으니 들은 척도 않는다

하나뻭이 옳는 우리 메누리는 생전 코빼기두 안 비치구
애비랑 손자 늠만 주말마다 내려보내 걷어 멕이기두 힘들
어 인자 늬 엄니두 좀 데꼬 내려오니라 혔더니 이느므 새깽
이 울 엄마두 주말이는 쉬야는디요 헌다 말이시

할머니 할머니 부르니 흘낏 바라보고는 우리 손주 늠 엊
그러께 국민핵교 들어갔는디 즤 엄니삑이 물러 그럴 나이
잖여 그렇잖여 곱게 빗어 넹긴 머릿결이 간종그려 놓은 쪽
파 같으시다

제2부

옛집에 와서

방문 잠겨 있고 마당 쓸쓸하다

산 그림자 내린 무논에는

지는 달처럼 풀어진 나를 위로하는 듯

개구리 울음 스러진다

애미 고개 넘어가신 엄니는 여기에서 몇 번이고

몇 번이고 무너져 내렸을 것이다

• **애미 고개** 대전광역시 동구 추동에서 마산동으로 넘어가는 고개

씨앗달 피었던 자리

울타리 타고 오른 애호박 굵다
아직 배꼽도 떼지 않은 어린것이
날아온 호박벌로 잉잉거리자
이파리 수구려 그늘 내어준다

나는 저 보송보송한
포대기 같은 이파리에서 나왔다
이 자리는 원래 큰 눈 내리던 날
덩어리째 떨어진 동백꽃 자리
씨앗달 피었던 자리

더퍼리 누님 빼다 박아
바라보기만 해도 그렁그렁했던 엄니가
어느새 해산했다 회복간 내려온
손녀딸 곁에서 부채질하니

소나기 한 줄금 지나가고
염천 더위 지나가고

- **씨앗달** 초승달을 뜻함
- **더퍼리** 대전광역시 동구 가양동

쾌청

아침 일찍 채마밭 벌레 잡아주고 있는디 까막까치 날아
와 까아악 까악 짖는다

이것은 오늘 반가운 손님 오신다는 기별인가 모자 벗어
까막까치며 가죽나무며 햇살 내어주시는 동담티 머리 숙
여 화답허는디 아래무팅이 삐깽이 엄니 담장 너머로 삐깽
아 삐깽아 부른다

아줌니 새벽부텀 오딜 그렇게 일찍 댕겨오신대유 이거
이거 받어 얼마 안 디야 소나 주덩가 열무 단 담벼락 올려놓
고 가신다 뒤도 돌아보도 않고 되똥되똥 손 흔들어 내려가
신다

• **아래무팅이** 마을 아래쪽 구부러지거나 꺾어져 돌아간 자리

천근 벙어리 샘

대문 열고 마당 들어서면
먹구렁이 몸 감고 붉은 혀 날름거렸다

벙어리 샘 끼고 수백 년 살았는지
푸른 비늘 돋아 달빛 새어 나오고 있었다

저녁을 놓친 새들이
길게 꼬리 물고 암흑처럼 찾아왔다
그중에는 솜털 보송보송하고
양 볼이 끝동처럼 붉은
어린것도 끼어 있었는데

아궁이 묻어둔 감자 몇 알 쥐여주자
날름날름 벙어리 샘 겨드랑이 쪽으로 사라졌다

• **천근 벙어리 샘** 대전광역시 중구 문화동에 있는 샘

남겨둔 말

개양귀비밭으로 싸리꽃 닮은 여인이 올라가며 징 소리로 울었다

마을은 온통 봄이라서 흰 꽃 붉은 꽃 웅얼웅얼 피었다

양철 지붕도 붉게 피었는데 대문 들어서면 엄니가 심어놓은 아주까리 싹 푸르게 올라왔다

노을 무렵 소죽 고래 앞에서 누이동생은 옷가지 태우며 입술 깨물었다

푸른빛이 듬성듬성 보이는 서쪽으로 매운 연기 사라졌다

붉은 바위 목덜미에 새잎 틔우자 엄니 남겨둔 말 하나둘 튀어나왔다

금강에서

대밭에 부는 바람 생강밭으로 간다
이 몸 댓잎에 실어 구렁으로 보내주련다
울퉁불퉁 자란 소갈머리는 어디에서 왔는가
두고 본 듯 잣 잎이 부옇게 맺힌 이슬 물고 도리질이다
한때 부르튼 입술 뾰족하게 물고 강 건너려 무진 애썼다
후박나무 이파리가 쪽배인 듯 기우뚱 발아래 흩날린다
저것도 바닥 살아내려 뒹구는 몸부림이니
바람이 신말미 흙 울음소리로 자지러진다

곶감

한여름 땡볕에도 비 뿌리는
느티나무 집 살던 여인이다
북 하나 덜렁 메고 들어와
어린 딸이랑 북춤 추던 옷고름이다

노을이 살강까지 들어와 타오르고 있었어라우
삐조리 감도 붉게 익어 기울어지고 있었어라우
아버지는 사발통문 서명허고 잽혀가 돌아오지 않았어
라우
엄니는 흙 파먹고 사는 무지렝이였어라우
지두 무지렝이였어라우

산성 길 지붕 낮은 집들이
어깨 비비는 핏골 지나가는데
허리 굽은 노파가 삐조리 감 깎아
문발로 매달아놓고 공손하게 고개 숙인다
굽은 허리 닭발산 능선처럼 유장한데
삐조리 곶감 핏빛으로 익어간다

흐린 날

　여기는 빗소리가 진을 쳤던 곳 있는 힘껏 허세 부리며 내 등골 빼먹었던 곳 바람 차갑고 눈발 흩날린다

　아름다운 시절이여 나를 주저앉힌 자리여 우무팅이 가죽나무 길 따라 계곡 들어서면 회령에서 내려왔다는 노인이 산오리 키우며 산다 엊그러께는 그니 부인 세상 등졌다는 소식 들었다

　죽음이 어디 혈육 하나 남기지 못하고 쓸쓸하니 떠난 회령댁만 찾아갔겠는가 바람 찬 날 장지 않아 회령에 흥남에 북청 가셨으면 소지장 불 올려 보내드리는 날이다

• **우무팅이** 마을 위쪽 구부러지거나 꺾어져 돌아간 자리

서른 살

도망친 지 서른 해도 넘은 서른 살 잡어다
대청 꿇어앉혀 놓고 혼찌검 내는디
손바닥으로 마룻바닥 두드리며 눈 부라리는디
주둥이는 댓 발 나와서라무네 아래위 훑어보다

에헤이 이라지 말고 나도 얘기 좀 헙시다
사는 기 이기이기 뭐요 아직 장개도 못 가 시커매서
집구석 꼬락서니 허고는
내 기왕 잽혀 왔으니 사람답게 모냥 줌 내어줄랑게
가서 종이랑 연필 좀 가져오시오
이늠 꾀부리나 싶어 오디 도망가지 말구 꼼짝 말고 있그라
빼닫이 열어 연필 챙기고 잡기장 뜯어 펼쳐주니

방아실 물빛 같은 꼬랑지를 헌
꿩 한 마리 그려놓고 궁뎅이 탁 쳐보라 허여
이늠 봐라 흘깃 바라보고는 툭 허고 치니
에헤이 탁 허고 치라 그 말이요
탁 소리 나게 힘껏 치니
꺼껑꺼껑 돈 궤짝 떨어지기에

엇따 이늠 봐라 이 쓰글 늠 좀 봐라

그라면 내 이참에 장개나 좀 가야 쓰것다

잡기장 통째로 던져주니 쭉 찢어 펼쳐놓고서라미

머리에 가체는 없고

옷 주름이랑 노리개 두 손으로 매만지며

고민 깊은 듯 긴 목에 가냘폰 얼굴 살짝 비켜선

여인네 하나 그려놓고서라무네

어험 나오시오 혀보라 허여 나오시오 허니

에헤에헤 어험이 빠졌잖소 다시 한번 혀보시오

쓰글 늠 목청 가다듬어 어험 나오시오 허니

미끄러질 듯 조심조심 나와 큰절 올리고 곁에 앉길래

이늠아 어찌 하나만 그리는 굿이냐 하나 더 그리그라 허니

안 된다 펄쩍 뛰어 잡기장이랑 연필 뺏으려 달려드는디

뒤돌아 앉어 말 한 필 그려 올라타고

안장에 여인네도 올려 태우고 돈 궤짝 쓰다듬으면서

이보시오 이 말 어떻소 단숨에 천리를 내빼는 붉은 말인디

궁뎅이 한번 짝 허고 쳐보시오 허여

말 궁뎅이를 있는 힘껏 짝 허고 내려치니

이히이이이이이이잉

유두절

까끄래기네 툇마루 앉어 술 한잔허는디
야 너 아직도 시 뭐 그런 거 쓰고 댕기냐
이라는 것이었것다

시는 뭐 사는 거 끄적거려 보는 거지
어휴 다 늙어 애덜처럼 먼 시를 쓴다구 그리여
시는 애덜만 쓰고 그라능겨
그럼 그런 것을 오디서 으른덜이 쓰구 그랴
거참 오티게 시를 애덜만 쓴디야
애덜이 쓴 시 아는 거 있으면 한 편 읊어봐

울 밑에선 봉숭아야 니 모냥이 처량허다
그리구 머더라 뭐 그런 거 있잖냐
그게 애덜이 쓴겨
그럼 우덜 어릴 적 부르트도록 부르고 댕겼잖냐
호랭이 물어 갈 늠 어릴 적 부르면 다 애덜이 쓴겨
마침 비두 오시구 헝게 그 노래나 한번 불러보자
문지방에 한쪽 다리 걸치고
젓가락으로 냄비 뚜껑을 두둘기면서 불러보는디

울 밑에 선 봉숭아 털 니 모냥이 처량헌 털

길고 긴 날 여름철 털 아름답게 꽃 필 적 털

어여쁘신 아가씨 털 너를 반겨 놀았던 털

목구녁 핏대 세워 뽑아보는디

쿨럭쿨럭 뽑아보는디

바라실 막순이 아줌니 열무 단 이고 옴맴맴매

옴맴맴매 소나기 한바탕 지나가시는 유두절이다

● **바라실** 대전광역시 동구 마산동

백중

산허리 베어낸 이끼 집에는
해가 중천이어도 산그늘 내려

하루 종일 컴컴헌 마당이며 헛간
쌓아놓은 가마니 들썩거리기만 혀도
날름거리며 기어가는
뱀 볼 수 있는 것이어서
작대기 들어 내려치기라도 허려면
엄니는 무슨 큰 재앙이라도 들어올 냥

내버려둬라 집에 든 손님이니라
손님 박대허먼 삼신 할매 노허시니라
건디리지 않으면 해코지 읎을 것이니
마늘이나 두 쪽 놓아두어라

소복 입은 엄니가 장독대 청수 올리고
깊게 허리 숙여 몇 번이고
몇 번이고 두 손 모았다

불길한 저녁

저녁에는 불 앞에 서지 않는다며 오이냉국에 밥 몇 숟가락 꺼 마시고 밖으로 나오니 바람 한 점 없다 노을 비껴간 감나무 아래 평상 앉아 달라붙는 모기 쫓다 컴컴해진 마당 어정거리다 좋지두 않은 에어컨 바람만 쐬지 말구 강변길이라도 걷자 허니 한참을 꼼지락거리다 나오는디 옷이냐 구 원

아무리 껑껌혀두 그렇지 지대루 입구 나오지 이게 뭐여 윗도리는 겨드랑이가 다 뵈구 아랫도리는 덥지두 않나 꼭 달라붙는 바지는 또 뭐여 아욱밭 벌레 소리로 중얼중얼 걷는디 땀방울 맺힌 강바람도 후텁지근허게 따라오는디 두툼한 양쪽 팔 흔들어보고 숨 크게 몰아쉬어 보고 제자리 뜀박질도 해보다 우리 뛸까 이런다

맨몸으로도 숨 턱턱 막히는 대서에 각시는 바짝 붙어 누구를 쥑일라구 뛰자 허는가

마당 읽는 밤

안채 불 꺼진 지 오래고
아궁이에서 장작 타는 소리만 들린다

이런 밤 오래 견딘 적 있다
정짓문 빠져나가는 바람 소리가
마당 읽어내는 소리 같았다
아무 소리도 들리지 않는 밤이면
이명이라도 있으면 좋겠다 생각하였다
구렁 타고 내려온 바람이
대추나무 등허리 긁는지 가늘고 긴
문풍지 우는 소리로 지나간다

비금 오두막집 끝례는
말할 때마다 눈 껌뻑이는 버릇 있는데
계룡산 불두화 되었다는 소식
죽말 삐조리 감한테서 들었다
말이 어찌나 빠른지 다 하지 못한 말들은
싸리꼬챙이에 꿴 곶감처럼 매달려
며칠씩 따라다니곤 하였다

- **비금** 대전광역시 동구 신하동
- **죽말** 대전광역시 동구 추동 상추마을

백제 미소
—마애여래삼존불

바다 보고 싶다 허여 해미읍성 지나 생긴 대로 굽은 개심
사 나무 기둥 귀경허고 박대묵도 먹고 가야산 들러 여자 둘
데리고 온 남정 부탁으로 사진도 찍어주고 돌계단 앉어 암
벽 파고 들어간 저니들 바라보는디

보소 신라의 미소 알자네 나는 저니들 보면서 백제 미소
보았다 안 허요 뭐 애나 으른이나 웃는 얼굴 다 이쁘제 보소
저게 시방 웃는 게 웃는 게 아니랑게 그요 저니 가운데 서
있는 저 남정 보소 원허는 것 다 가져 더 이상 필요헌 것 읎
는 듯 넉넉허고 흡족헌 미소 여유 만만허잖뉴 그리고 왼쪽
반가사유상 닮은 저 여자 저 여자는 틀림읎이 작은마누라
일 뀨 오른쪽 다리 왼쪽 무릎에 떡 허니 걸치고 저 봐 턱까
지 괴고 땅바닥만 치다보면서 요염허게 웃는 거 그리고 저
저 오른쪽 보살입상 닮은 저니 저니가 큰마누라일 뀨 내가
아까 사진 찍어주먼서 옆으로 한 발짝만 더 오소 혔더니 아
니라구 괜찮다구 자꾸 내빼 에혜 그러지 말구 한 발짝만 오
소 혔더니 안 올 수도 읎었는지 갱신이 한 발짝 띠길래 김치
이 혔잖뉴 그랬더니 마지못혀 김치이 허고 속에서는 열불
나는지 짱돌만 쓰다듬고 있더먼 저저 저것 봐 아직 짱돌 들
고 있는 것

한식에

얼뜨기였던 나는
개구리 뱀 송충이 무서워하였다
컴컴해지도록 밭일하시던 엄니
지고 들어오시는 지게 등짝도 무서워하여
정짓문 기대 달빛 부스럭거리는 대숲 바라보다
재실에 몸 숨기기도 하였다

재실에는 목사공파 구신들이
목기 하나씩 끼고 부뚜막 들락거리거나
변소간 쭈그리고 앉아 있거나
장꽝으로가 된장 독 열어보거나
안방 건넌방 들여다보다
마당으로 나와 먹감나무 둥치에 숨기도 하고
잿간 들어가 검댕 뒤집어쓰고 거름인 척이면
나는 술래 되어 제탁 아래에서 깔깔거리곤 하였다

녹아 흐를 것 같던 엄니가
눈 아래까지 내려온 머릿수건 끌어 올리지도 못하고
우리 아덜 오뎠나 오디로 갔나 손목 잡으면

나는 온갖 구신 흉내로
마루까지 깨금발 짚고 나오곤 하였는데
아욱밭 달빛은 풀벌레 울음소리로 환했다

오늘은 비가 내려
빗물받이 흘러내리는 물소리뿐이어서
대청마루에 한쪽 팔 괴고 누워
토방으로 쓰고 있는 컴컴한 재실 바라보고 있으면
구신들 금방이라도 나를 잡아갈 듯
꾸릉 꾸르르르릉 대추나무 가지 흔들어
천장 바라보며 부군 신위라 써보기도 한다

제3부

벽화

저 산은 콩새 한 마리 그려 넣는 데 온 힘 다하였다

저 바위는 가슴 그어 바람길 만드는 일로 꼬박 새웠다

얼었던 강물이 쩡하고 무너져 내리는 소리로 흘러갔다

새 소리도 바람 소리도 강물 소리도

나를 흔들어 깨우느라 일생 다 지나갔느니

가을

오목눈이 새 떼가 사철나무 담장 바짝 붙어 내려앉았다
열무 단 같은 개터래기 엄니 꽁무니 따라오던 검둥이가
컹 짖었다
고추밭 들러 익은 고추 몇 개 따 평상에 널어놓았다
목매 바위 넘던 노을이 강변까지 내려와 수줍은 듯 붉게
웃었다
해가 짧아졌고 도톰하게 영근 오가피 바람이 얼굴 스친다
강아지풀이 밀려드는 졸음 견디지 못하고
웅달 앉아 대나무 쪼개고 있다
바스락거리며 쏟아지는 햇살에 맨드라미가 길게 혀 물
었다
산그늘 내린 아욱밭에 귀 익은 풀벌레가 이명처럼 운다
담벼락 타고 오른 노각 바라보는데
삐조리 감 하나 우엉밭으로 첩 하고 떨어진다

적막

동학교도 살았다는 구미란마을 와서
젊은 아낙이 내놓은 누른 머리고기에 탁배기 한잔한다
바람 불 때마다 한 움큼씩 빠지는 나뭇잎이
살풀이춤으로 한바탕 신명 나다 기진한 장구채로 돌아
가자
마당 한쪽 자리 내어 늙어간 감나무가 다 내어주고 나처
럼 쓸쓸하다

저쪽 보이는 산 아래 평평한 디가 장터였어라우
지금이야 강아지풀만 우거져 구신이 놀다 간 자리 같지만
녹진하게 내놓는 피순대 맛만큼은 그만이었지라우
한 아름 장작 끌어안고 부엌 들어가
아궁이 앞에 골똘한 장정은 지아비인 듯하다

방앗간 옆 동록개가 내어준 허름한 집
수리하여 길손들 재워 보낸다는 노파가
시퍼렇게 익은 무 끌어안고 들어와
쓰글 늠들 여그 천지가 동학꾼 시체로 가득했다 안 합디여
동네 개새끼들이 팔뚝 물고 댕기고

까마귀들이 까아악 까아악 짖어대면서 삭신 뜯어먹고
그라는디
　눈 뜨고 볼 수 없웅게 여그다 묻고
　저짝 날맹이에다 묻고 이짝 날맹이에다가 묻고
　동네 산이 죄다 동학꾼 무덤이라 안 합디여
　내가 어릴 적 발길로 차고 놀던 긋이
　동학꾼 뻬다구인 줄 오티게 알았것소
　아유 징그라운 것덜 입술 꼭 깨물어 울분 삭이는데

　가을걷이 끝난 들판이 북적하니 어우러지다
　마루턱 올려둔 물그릇에 반쯤 베어 문 달덩어리로
　넘칠 듯 말 듯 적막하다

● **구미란마을** 전라북도 김제시 금산면 용호리
● **동록개** 19세기 말 금구, 원평, 태인 지역 최고의 도축 솜씨와 따뜻한 인품으로
　소문난 원평 백정. 동학농민운동 당시 동학의 대접주 김덕명 장군에게 '신분
　차별 없는 세상을 만들어달라'며 자신이 살던 집을 헌납, 현재 원평집강소

파수꾼

허허 구신아
물색 모르고 알심 읊고 소문만 석 달 열흘 구신아
너를 찾아 안방 건넌방 정짓간
부뚜막 소금단지까지 다 뒤져봐도
얼씬허지 않는 구신아
내 일찍이 너를 알아봤다마는
어찌 그리 냉정허고 오만허고 방자허여
낯짝 한번 비추지 않고 애간장만 녹이는 것이냐
오늘은 달 밝아 큰맘 먹고 부르는 것이니
강변 버드나무 나루터로 나오느라
와설랑은 무릎 꿇어 두 손 공손히 잔 들면
댓잎 이슬 빚어낸 술 한잔 따뤄주리니
당신 누구요 모른 척허지 말고
늬늠 잘난 촉 바로 세워 내 청춘 어데 갔나
흔들리는 강아지풀 먹 찍어
일필휘지 한 글자만 내려놓고
저 강물 속으로 풍덩 사라지그라

청춘 잡아라 내 청춘 도망간다

따귀탕 집 장작불 더미 속에는
청춘 활활 타오른다 허여
양푼이는 들고 푸줏간 가서라무네
청춘 찾아내라 당장 찾아내어라

한 마디 한 마디 발라내려
아궁이 앞에 쪼고리고 앉어
부지깽이 부러지도록 솥뚜껑 두드려 한 자락 허는디
가마솥 단지 입김 불어넬 때마다
내장 내오고 허파 내오고 수육 내오고
이 대목에서 술 읎으면 안 되지
술잔 부뚜막에 떡허니 올려놓고 꼴꼴꼴꼴 따루는디
청춘 나온다 청춘 나온다

저저 스멀스멀 기어 나오는
청춘 잡아라 내 청춘 도망간다
한 저범 집으려먼 소두방 콧방귀 속으로
머리 풀어 흔적도 읎이 사라지는 청춘아
내 청춘아 게 냉큼 서지 못헐까

• **따귀탕** '뼈다귀 탕'을 말함

상강

　담벼락 기대서 있는 먹감나무가 붉은 낯으로 강바람에 우수수 몸 턴다 땅개네 오가피나무는 뼈마디 앙상한 지 오래되었다 검버섯 핀 손등으로 눈 비비고 손자라도 올까 동구나무 길 바라보며 숨 크게 몰아쉰다

　강변 심어놓은 배추 몇 포기 묶어주려 볏짚 한 주먹 쥐고 내려가는디 구절초만 한 것들이 자갈밭 모여 앉아 강물 소리로 즐겁다 나도 따라 흥얼거리며 뽀얀 살 간종그려 묶어주니 품속 어린애인 양 두 눈 맞춘다

　밭둑 앉아 허리통 굵은 청무우 하나 뽑아 깨무니 알싸한 하늘이 입안 가득하다 상강은 고욤나무 타고 오른 늙은 호박 같다 집에 계시라 했더니 절뚝거리며 마중 나온 아버지 같다 더 늙을 것도 없이 바짝 마른 노을이 훌쩍훌쩍 흘러간다

유성동백

그리허여 다 늦은 저녁 무렵
각고 끝에 생각해낸 것이 공부 좀 혀야 쓰겄다
찾아간 곳이 만수원 지나 날개 다친 흑두루미
몸 비비던 웅덩이 곁에서
치맛단 꼬질꼬질헌 노파가 궤짝 끌어다 놓고
피 동백 숨덩숨덩 끊어주는 난전이었것다

난전에서는 우선 칼 다루는 법부터
배워놓는 것 으뜸이라
둥실 떠오른 달 궁뎅이 깔고 앉어
여그도 한 접시 줏시요 칼 솜씨 공부허는디
피 동백 대가리 뚝 따다 썰어내는디
귀때기 살 볼테기 살 코 살 황제 살에 피 동백 가득이라

여그 조껍데기도 한 통 주소
귓등에 꽂은 연필 들어 잡기장에 적어가며
한 잔씩 넹기다 이 기묘헌 솜씨 오디서 배웠소
배우긴 뭘 배워 내가 들은 것만 적어 내두 열두 권인디
넹길 때마다 빈속 자르르르르르르

사타구니 바라봉게 모리미 늠 어느새 낑겨 앉었는지
　내 옆구리 손 집어늫어 막창에 대창에 염통에 오소리감
투 꺼내 들고
　나도 한잔 주소

● **만수원** 대전광역시 서구 관저동

벌판

겨울바람은 뒤란 대숲에서 분다
벌판은 맑은 날보다 흐린 날 많은 마당 들어와
합각을 부연을 서까래를 대청을 쪽마루를 뜰팡을 토광
을 정짓문을 문풍지 소리로 지나간다

병풍산 자락 뒤로 하고 동담티 넘어
큰 바위가 오그리고 앉은 계곡 들어왔다
벌목공이 나무 올라 발목 자르며 별자리 만드는 일 있었고
까투리가 허리 다친 장끼 두고 비둘기 따라 광장 떠도는
일도 있었다

먼 데서 오시는 눈발이랑 벌판 끌어안고 달리던 억새 이
야기로 밤새우면
마른 오동나무 열매가 고라니 울음 흉내로 슬펐다

빈 그늘

빈 그늘 길게 늘어선 해나무텅이
구릉으로 무너진 돌무덤이 성황당 자리다

밤사이 고라니 지나갔는지 삼밭으로 길 열고
흩날리는 눈발 따라 사러리라도 가려면
얼어붙은 저수지가 따라오며 사나운 짐승 소리로 운다

어금니가 빠져 앞니로만 깨물던 고모는 몇 해째 바깥출
입 없다
나를 보면 웃기만 하던 지역 씨 딸 병희가 고깔 접어 쓰고
징 두드리는 일 대신한다
돌무덤뿐인 성황당 자리에 소복 눈 쌓이면
병희는 컴컴한 낯빛으로 고모처럼 반쯤 수그려 징 두드
린다
무너질 듯 휘청거리다 주섬주섬 녹아 사라진다

부지깽이만도 못한 당숙모가 죽어
가래나무골 낭떠러지에 묻고 돌아와
소금 한 주먹 집어 가슴에 뿌렸다

사러리 고모 위독하다 하여 건너려는데

병희 두드리는 징 소리 고샅으로 가득하다

• **사러리** 대전광역시 동구 신하동

엄니 냄새

어쩌자고 꽃은 피는가
어쩌자고 목젖 다 드러내 놓고
엄니는 피는가

눈물도 많아
겨우내 오그리고 앉아 훌쩍거려
모서리가 꼬질꼬질해진 이불귀처럼
날개 펼치면

엄니 빼다 박아
항상 입술이 퍼런 수국은
어쩌자고 국수를 삶는지
익은 열무김치에서는
엄니 냄새 나는지

뭔 말잉고 허니

내 별명이 앙 그냐였다먼
엄니는 가래울에서도 유명헌
뭔 말잉고 허니였다

내가 말끝마다 앙 그냐 앙 그냐
상대방 동의 구허는 화법이었다먼
엄니는 경주 이씨 종손 둘째 딸답게
뭔 말잉고 허니 첫마디로 딛어야
그다음 이어지는 재담꾼이었겄다

하루는 동짓날 아침
팥죽 쒀야 헌다며 팥 한 됫박 사러
장터 따러간 적 있는디
하필이먼 우리 반 부부반장 봉방년이네
방앗간집 찾어갔것다
방앗간은 발동기에 피대 걸어
쌀 찧고 가래떡 빼고 참기름 짜내는
컴컴허고 지붕이 예배당처럼 높다랬는디

내가 들어서자 방년이라는 굿이
야 앙 그냐 여그 뭐 달러 왔냐
팥 사러 왔다 아줌니 팥 줌 주세유 팥
팥팥헌 팥 좀 주세유 팥팥팥 허니
방년이 요년 약 올라가지구
너 일루 와바 찍깐헝 게 까불고 있어
이마빡 쥐어박어 싸움 붙었는디

방년이 엄니 허고 울 엄니두
피댓줄 옆에서 싸움 붙었는디
팥집 와서 팥 좀 돌라구 헝게 뭐가 잘못이래유
야 방년아 내가 아줌니 팥 좀 주세유 했냐 안 했냐
혔지 혔지 앙 그냐 허면
엄니는 옆에서 긍게 방년이 엄니 뭔 말잉고 허니
일장 연설허고 또 내가 앙 그냐 앙 그냐 허면
또 뭔 말잉고 허니 둬 시간 받아치다
저녁 네 시나 되어 갱신이 팥 한 됫박 사가지고
팥죽 쒀 베름빡이다 바르고 변소깐이다 뿌리고
대청 구석에 한 그릇 장꽝에 한 그릇 놓고

처용이도 놀래 뒤로 자빠질 입술로

벌겋게 떠먹었던 것인디

지그려놓은 대문 열리는 소리 들려 내다보니

눈발 뒤집어쓴 대설이 늠 숟가락은 들고 죽 좀 주세유 죽

팥팥헌 팥죽 좀 주세유 팥팥팥

● **가래울** 대전광역시 동구 추동 중추마을

지는 노을

해 바뀌고 부쩍 귀 어두워지신 아부지 찾아뵈려 점나무
텅이 돌아 삽짝대문 들어서자마자 각시는 부엌 들어가 저
녁 준비로 달그락거리고 나는 마당이며 토광이며 헛간 두
리번거리는데 안간힘으로 담장 받치고 있는 고욤나무가
아는 척이다

아부지저올라왔구먼유메누리두같이왔구먼유사다리오
딨냐구사다리말구메누리같이왔당게유어허젊은사람이다
리아프면오틱혀다리가아니구메누리메누리왔다구유오늘
은오거리집쉰댜메누리같이왔당게오짠오거리래유오리먹
으러가자구메누리유메누리왔다구유보리밥먹으러가자구
참나메누리유메누리소쿠리달라구허이구이러다메누리잡
겄슈항아리개나리울타리아래묻어놨잖여보소보소이리나
와얼굴좀비춰보소갠찮여요새는허리아픈거들혀

뒤란 아욱밭 앞에서 구부정히 쓰레기 태우는 뒷모습이
지는 노을로 서늘허다

• **점나무텅이** 마을에서 멀리 보이는 구부러지거나 꺾어져 돌아간 들판

밥도둑
―회광반조

다니던 직장 그만두고 집에 있는데
각시는 뭐가 그리 바쁜지 숟가락 내려놓자마자 출타 준
비다
어딜 가느냐 물어볼 수도 없고
방금 아침 먹고 점심은 또 어떻게 할 것이냐 물을 수도
없어
봉지 커피나 한잔 끓여 호로록 소리 내어 마시니
호로록 소리 내어 마시지 말라며 성을 낸다

커피 잔은 들고 창밖 바라보는데 쌍쌍이 날아온 새들이
대숲 아래에서 부리 부딪혀가며 사랑 나누는구나
거름밭 헤집어 바람 자유롭게 풀어놓고 있구나
어디를 다녀오겠다는 말도 없이 각시는 운동화처럼 나
가고
나는 테레비 채널이나 이리저리 돌려보고
휴대폰도 만지작거려 보고
옛 동료들은 또 무슨 일로 아침부터 진땀 흘리고 있을까
책꽂이에서 두툼한 책 한 권 꺼내 읽다 눈 침침하여
몇 페이지 읽지 못하고 밖으로 나선다

이 동네는 왜 이렇게 조용한가

골목 걸으며 두리번거려도 개 한 마리 짖지 않는다

재래시장 지나며 난전 부려놓은 찰옥수수 얼마냐 물어
보고

제육볶음집 생선구이 백반 흘깃거려 보고

종이 박스 싣고 언덕 오르는 노파 손수레도 밀어드리고

대합실 들어가 열차 시간 안내 전광판 바라보고 있으면

강경이라든지 정읍이라든지 목포라든지

나는 왜 이렇게 갈매기 울음소리 들리는 곳으로만 눈길
가고

선술집 주모 부르던 육자배기 구절이 귓전 맴도는가

오는 사람 가는 아가씨 고운 뒤태 바라보다 점심 훌쩍 넘
겼는데

각시는 아직 전화 한 통 없다

칼국수를 먹을까 짜장면을 먹을까

아니지 짬뽕에 소주 꼭다리나 비틀어볼까

중국성 문 앞 서성이는데 저쪽에서 각시 손 흔들어 점심
먹었느냐 묻는다

구부정히 손들어 짬뽕 한 그릇 하려 한다 화답하니
나도 아직 점심 전이니 간장게장 먹으러 가자 주억거린다
그 비싸다는 꽃게장 시키고 새우장도 몇 마리 덤으로 받고
비닐장갑까지 끼고 벌겋게 약 오른 집게 다리 분질러 깨
물어보는데
무슨 껍질이 이렇게 단단한가
간장만 빨다 내려놓으니 옆에 있자녀 뻰찌로 조사부러

간장게장 먹어본 지 언제인가
사돈 내외랑 함께하는 어려운 자리라면 이걸 어떻게 먹
어야 하나
짭조름허니 맛은 좋긴 하다만 밥이나 좀 많이 퍼주덩가
흰 살은 꼭 당신 젊은 적 가슴골 같구랴
시끄랍소 언능 들기나 하소 게딱지에 비비려는데 또 밥
이 없다
아줌니 여기 밥 한 그릇 더 주소 큰 소리로 부르니
아이고 밥도둑이라더니 간장게장이나 백수인 당신이나
더 드소 맘껏 드소 맨손으로 뜯어낸 게딱지 밀어놓는데
손가락 묻은 간장이 쪽 소리를 낸다

덧정

구덩이 묻어두었던
무 몇 개 도톰허게 썰어
소금에 절여놓았다
절여지는 동안 겨울밤 깊어가고
동짓달 같은 나도 시름시름 깊어가고

오늘따라 동구 바람은 왜 이리 찬가
며칠 전 짜구 나 다리 돌아간 누렁이 멕이려
꺼먹 솥에 명태 대가리 늫고 장작불 붙이니
서쪽 하늘 훤허다
내일은 양철 대문에 못이라도 쳐야 하리
뜯긴 문풍지도 발라야 하리

• **짜구 나** '배가 터질 듯 많이 먹어 탈이 나'의 충청, 전라 방언

제4부

지금은 깊은 밤이네

엊저녁 일이었던가 아니네
작년 그러께 일이었던 것 같네

나는 취해 아무렇게나 쓴 잡기장처럼
무슨 말이라도 뱉고 싶었던 것인데
악다구니가 머리카락만 쥐어뜯다
설경 베어져 서쪽으로 묻힐 때였네

바람벽 잡고 흔들리면서 기우뚱거리면서
앞마당 환한 작약 바라보고 있는데
짧은 밤 중얼중얼 지나가고
흐릿한 전등 불빛 흘낏거리고

오얏나무가 헛기침으로 둘러앉아
훌쩍거리는 방바닥 비집고 들어가 자자 한잔
또 한잔 헝클어져 부둥켜안고 우는
지금은 깊은 밤이네

늙은 집이 말을 건다

산중 마을 들어
집 한 채 얻어 살다 보니
늙은 집이 말을 건다

보리쌀 한 됫박 푸려면
복숭아나무가 담장 끼고
차양 쪽으로 비스듬히 누운
토광까지 가야 하는데

달 꽃 하얗게 핀
양철 지붕 바라보며
매화나무 잣나무 놀라지 않게
발꿈치 들어 문 앞 구부정히 다가가
잠가놓은 잉어 무늬 걸쇠 올리면
구렁 내려온 바람이
마른 댓잎 소리로 운다

누가 오셨나
뒤주 밑둥 바짝 붙어

사르락 사르락 쌀 씻는 소리
개숫물 버리는 소리

찬 별

여적 장개도 못 가 혼자 사는 장승이네 집 왔다
겨울이 와 배추 몇 포기 버무려주고 문풍지도 발라주고
제멋대로 구부러진 배롱나무 아래에서
돼지고기 몇 줄 구워 소주를 서럽게 마셨다

장승이는 벌써 취했는지 냉골에서 웅크리고 잠들었다
나는 불이라도 넣어줄 겸 부엌 들어와 불 지피다
누렁이 끓어안고 있으면 추위 좀 가실까
누렁아 누렁아 부르는데
배고팠는지 딱딱하게 굳은 빈 밥그릇 핥다
꼬랑지 내리고 곁에서 귀를 접는다
머리 몇 번 쓰다듬어 주고 뱃구레 바라보니 홀쭉하다
삶은 북어 대가리 건져 바가지째 내려놓으니 텁텁텁 먹다
한입 물고 제집으로 들어간다
눈도 뜨지 못하는 어린것들이 냇물 소리로 마른 젖 파고
들어
죽이라도 먹였으면 싶어 보리쌀 한 줌 넣어 끓이고 있다

지금까지 배추 따고 머릿수건 풀지도 못한 채

늦은 저녁 준비하시던 어깨 조붓한 엄니 뒷모습 비쳤다 사라졌다

　며칠 전 두식이 들어와 산다는 애개미 쪽으로 컹 컹 별똥별 줄을 긋는다

　오늘 밤에는 달이 없고 별빛이 차다

● **애개미** 대전광역시 동구 신상동

나비란

밖에 눈발 흩날리고
뼈만 남은 고욤나무 가지 바르르르르
떨고 있는 것 바라보고 있웅게 으슬으슬허여
아궁이에 장작 몇 개 던져능고 들어와서라미
두러눠 왼발은 오른발 무르팍에 떡허니 걸쳐놓고
손장단 두드려 한 자락 불러보는디
콧소리도 흥흥흥흥 내보는디

바람벽 걸어둔 나비란 벙글어 허리춤 추고 있었것다
벌떡 일어나 손 내미니 수줍은 듯
이파리 속으로 들어가 파르르 떨고 있기에 한참을 기다려
재첩만 헌 봉우리 손가락 물고 나와 꼼지락거리기에
너 이늠 오늘 잘 만났다
심심허던 차 이늠을 손등으로 잡고 살살 궁굴리니
괭이밥만 허다 백선만 해져
이늠 봐라 코기름 발라 손바닥 올려놓고
산내끼 비비듯 헝게 민들레만 해져
손톱으로 톡 팅기니 베름빡 달라붙어
나비라는 나비 다 잡아먹고

작년 그끄께 다비식 헌 미륵원 주지

메고 댕기던 바라만 해져

양은 냄비 달라붙어 식은 죽 다 먹어치우고

바람벽 기대 파르르르 떠는 문풍지 바라보다

이늠은 동백꽃 저늠은 복수초 이긋이 홍매여 하더니

나를 업고 무청 시래기 집으로 기우뚱 기우뚱

난전에서

숭악헌 긋이
으른 앞에서 맞담배질은 예사고
오라면 도망가고 바라보면 숨고
붙들어 앉혀 한 마디만 하려도 뾰로통해서라무네
메칠씩 코빼기 비치지 않어
내 오늘은 가슴팍 꽁꽁 묻어둔 슬픔 하나씩 꺼내
옴짝달싹 못 허게 헌 후 임자 만나면 팔어 넹기야 쓰겄다
시장 찌웃거리는디
벙거지는 쓰고 궤짝 깔고 앉어 슬픔 사세유
몰래 울고 싶은 이 슬픔 사 가세유 핏대 세워도
사겄다 달려드는 이 읎고
꺼내보라 흥정허는 이도 읎고
진눈깨비까지 내려 아줌니 아줌니 이거 하나 딜여 가세유
강변에 달 뜨걸랑 뒤란 서성이며 아자씨 승질머리 늦어
보세유
앉은 자리에서 쐬주 두 병 거뜬허당게요
한번 보기라도 혀봐유 건네도
전화기 껍데기만 긁적거리며 본체만체라
계단 오그리고 앉어 모가지만 쑥 빼고 있는디

저 오라질 늠 끔이나 썹지 말덩가

오물오물 히죽거리는 저저 저 느므 새깽이를

가래울자리

1
호두나무 집 부부가 흘러가는 강변길이다
허리를 반쯤 내민 청무는 늦둥이인가 보다
양쪽 귀퉁이가 다 헤진 골짜기 들어서면
지붕 낮은 집들이 다닥다닥 반짝거린다
저녁상 물린 집들이 일찍 펼쳐놓은 별자리 같다

2
밤 길은 여적 나를 따라왔었나 보다
인기척 없는 마당 먼저 들어가
말린 고사리 한 줌 불리고 설거지허고
숟가락 젓가락 달그락거려 늦은 저녁 먹고
웅크리고 앉아 가래울자리 만드는 중이다

동지 무렵

한밤중 눈떠져
말똥하니 잠 오지 않는 것은
대청 걸어놓은 벽시계가
달빛 따라나서려 웽뎅그렁
우는 까닭만이 아니다

바람 차가운 날 뛰쳐나가
며칠이고 들어오지 않는
먹감나무며 마른 수국이며 매화나무가
가시나무 골 내려온 짐승 소리로
울부짖고 있는 까닭만이 아니다

동지에는
된장독 우는 소리 들려
잠 깬다는 엄니가
굴품헐 때 물고 있으면
부정헌 생각 들지 않을 것이라며
마른 삼 몇 쪽 밀어놓고 가셨다
동지 무렵 기제사 많은 것도
집안 내력이라면 내력이리라

환한 세상

귀가하려 버스 기다리는디
칼바람 녹이는 짜장면 냄새 한 그릇이다

유리창 너머 아기 엄니
아이랑 짜장면 먹고 있다
엄니가 한 젓가락 끌어 올리면
엄니 입 바라보며 함께 입 벌리고
엄니가 손 받혀 한 젓가락 물리면
호로록 끌어 올린다
이맘때 엄니 품 깃들어 살며
국수 끌어 올리던 옛일 기억한다
아 뜨거워 칭얼거리면 물 한 숟가락 떠먹이던
달챙이숟가락들 모두 어디로 갔나

바라보며 손 흔드니
짜장 묻은 입으로 활짝 웃는다
어여 먹어 어여 먹어 고갯짓하자
엄니 품 바짝 붙어 아 아 엄니 바라본다
또 한 가닥 물리자 호로록 끌어 올린다
환한 세상이다

날파리 증

웬수도 깊어지면
옰던 정 생긴다 허였던가
밤낮옰이 아른거리다 살 만허니 다시 나타난
날파리 늠 잡으면 단칼에 베어
달빛도 흐릿헌 도랑 개똥밭 불 지펴
부지깽이로 뒤적거리다 활활 타오르면
덩실 춤이라도 춰야지 골똘해 있는디
옰는 듯 봉당마루 둔눠 있는디

이늠 보소
내 무거운 눈꺼풀 앉어 감었다 뜰 적마다 나타났다 사라
졌다
베름빡 달아놓은 쇠부랄만 헌 시계추 매달려 낄낄거리다
달챙이숟가락 달라붙어 누룽갱이 긁다
문풍지 소리로 잉잉거리다
이제는 칼칼헌지 엊저녁 한잔허고 문지방 올려둔
김치보시기 앞에 앉어 지범거리다
가랑잎 달라붙어 마당 한 바퀴 돌고 장꽝 달려가
눈발로 흩날리는 것 귀경허다 잠들었는디

이보씨요 우리 집이서 젤루 팔자 좋은 냥반

오늘은 오째 술도 마시지 않고 멀쩡허니 낮잠이오

헐 일 읎으먼 눈발도 흩날리고 허니 메주나 매답시다 허
는디

벌써 혼은 오디로 내빼고

등신 하나가 앉어 메주 덩어리 앞으로 다가앉는디

겨울의 끝

불당골 내려오는 바람이 나를 부르며 운다

탈영한 자두가 왔다 갔고 오도민인 아버지가 끌려갔고
대밭이 주저앉았고
푹푹 흩날리는 군화발이 미나리꽝 지나 대청까지 들어
왔다

강물은 얼어붙어 오도 가도 못 하는 내 신세와 같았을 것
이다

해탈

해나무텅이 샴알 집 아줌니 어디 가시나

궂은 날 탱자나무 걸린 비닐봉지 걷어 쓰고 소쿠리는 끼
고

개울물 토닥토닥 어딜 그렇게 고요히 가시나

• **샴알 집** '마을 공동우물 근처의 집'을 뜻함

'母心의 모심' 속에 깃든 地靈의 노래
—육근상 시집『동백』의 출간에 붙임

임우기(문학평론가)

"베까티 누구 오셨슈… 늬 아부지 오셨나 보다"(「동백」)

육근상 시인과 교유한 지 어느덧 40년이니 사람 나이로 치면 불혹이 가깝다. 시인의 단심과 의로움, 꼿꼿한 사람됨은 내가 겪어본 생애에 걸쳐 불혹 그대로이다. 그의 시 또한 사람됨과 같다.

근대화 이후 도시인들은 기약 없이 긴 타향살이 속에서 고향을 망각한다. 갈수록 고향을 지키던 토박이말들이 사라지다 보니 고향의 지령은 오리무중이다. 지령의 사라짐은 여러 요인이 있지만, 이 땅의 교육 언론 문화 제도가 강제해 온 표준어주의가 고향의 상실에 큰 몫을 해왔다. 근대화의 첨병인 표준어주의의 언어정책은 오랜 세월 글쓰기를 '검열'하고 옥죄며, 고향 토박이말과 방언 등 자연어의 근원으로서 모어母語의 존재들이 대거 사라지는 결정적 계기였다. 문학이 지켜야 할 겨레의 기억과 고유한 정서가 실종의 위기에 닥친 것이다. 이 땅에서 근대의 폐해는 표준어주의 외에도 부지기수다.

오늘날 고향의 모어를 잃어버린 시인들은 삭막하고 반생명적인 대도시의 난잡한 소음이나 매연과 다름이 없는 언어들과 씨름을 한다. 하지만 시의 타락은 갈수록 악화일로다. 지난 세기 내내 서구 근대 시학이 만들어놓은 바와 같이, 시인이든 독자든, 좌익이든 우익이든, 리얼리즘이든 모더니즘이든 시를 대체로 현실이나 사물에 관한 의식의 상관성 또는 잘 짜인 언어의 구조성 속에서 이해해왔다. 이는 지난 한 세기 동안 시의 존재에 관한 일반 관념이라 할 수 있다.

오늘날 드물게나마 진실한 시인들은 표준어주의 따위는 일찌감치 벗어버리고 근대의 극복을 위한 새로운 '방언(시인의 '개인 방언')의 시학'을 탐구한다. 나아가 새 시대가 요하는 시 정신을 선취한 명민한 시인은 서구 근대가 빚은 좌우 이데올로기들 간의 심각한 대립과 갈등 상황을 타개하고 극복할 새로운 대안적 이념의 현실화 조짐을 능히 자각한다. 새로운 시학의 과제를 풀어가는 길에는 여러 갈래가 있을 터인즉, 무엇보다 자재연원自在淵源과 원시반본原始返本의 도道를 따르는 육근상의 시는 시사하는 바가 적지 않다.

'내 안의 신령으로서의 母心'

시집 『동백』의 앞쪽에 자리한 시 「해나무텅이」는 시인의
고향 옛집을 가리키는 관용적 표현으로서 고향 토박이 말이
다. '해나무텅이'는 '마을의 볕이 잘 드는 구부러지거나 꺾
어져 돌아간 자리'를 말한다(시인의 '방언 풀이'를 참고. 필자
는 충청남도와 북도 간에 인접한 대전 변방, 옥천과 세천 등지의
주민들이 일상어로 흔히 쓰는 방언의 어미 형인 '~텅이'가 자주 입
에 붙던 옛날을 기억한다). 이 '해나무텅이'는 표준어에 익숙
한 사람들은 낯설고 그 의미를 알 수 없겠지만, 시인은 지금
은 누구도 쓰지 않을 이 궁벽한 충청도 사투리를 애써 찾아
쓴 것이 아니다.

> 해나무텅이라는 곳은
> 다 헐 수 읎는 말 빈 마당 휘돌면
> 천장 내려온 먹구렝이 문지방 넘어
> 대숲 아래 똬리 틀고 있다는 거다
>
> 새벽밥 준비허던 엄니
> 투거리 들고 장 뜨러 나왔다
> 아덜아 오짠일여 언능 들어가자
> 아니다아니다 정짓간 들어가
> 주먹밥 쥐어주며 잽히먼 안 된다

엄니는 암시랑토 않웅게 호따고니 넘어가그라
지푸재 새앙바위 뜬 그믐달인 거다

뒤안길 달음박질치다 넘어져
손톱 빠지고 이마빡 깨고
옆구리 터져 돌아와 보니
뚜껑이 개터래기 땅개 모르는 척이다
아무 말 허지 않는다
그슨새 지나간 자리 않고서야
숨죽이고 핀 꽃들 펀던 달려나갔겠는가
돌아보도 않고 피반령 넘어갔겠는가

　　　　　　　　　　　　　─「해나무텅이」전문

　이 시에서 우선 주목할 것은 페르소나[話者]가 고향 집을
'해나무텅이'라고 부르고 있는 점이다.
　시인이 이 낡은 옛말을 뒤덮고 있는 두꺼운 먼지를 털어
내고 닦아 새로이 쓰는 노고를 아끼지 않는 까닭을 헤아려
야 한다. 적어도 '개벽(다시 개벽)'의 시 정신을 구하고자 한
다면, 오래된 토착어로서 방언과 사투리, 다시 말해 자연 지
리 습속이 깊이 밴 '지령에 걸맞는 자연어'들을 수고와 정성
을 들여 찾아야 하고 시인의 '개인 방언' 사전의 갈피 속에서
갈무리해두는 데에 그치지 않고, 끝내 '개인 방언'들을 자신
만의 특유의 시학으로 승화시킬 수 있어야 한다. 그렇기 때

문에 시인의 '개인 방언'인 '해나무텅이'는 '방언'의 사전적 범주에 머무르지 않는다. 이 말은 육근상의 시에서 '개인 방언'은 사전적 의미 범주를 넘어 시인 특유의 '방언의 시학' 속에서 이해될 수 있다는 의미다.

이 시에는 이른 새벽 고향 옛집의 정짓간 앞에서 엄니와 도피 중인 아들 사이의 짧은 만남과 이별이 나온다. 아들은 아마도 시국 사건과 연관된 듯이 시의 내면적 분위기는 어둡고 심상찮다. 화자가 전하는 아들의 은밀한 귀향이나 엄니와의 느닷없는 조우에 대해 아무런 전후 사정을 드러내지 않으니 궁금증이 들지만, 아들은 도피 중에 간신히 고향 집에 몰래 잠시 들른 정황만이 서술된다. "뒤안길 달음박질치다 넘어져/ 손톱 빠지고 이마빡 깨고/ 옆구리 터"지며 가까스로 고향 집에 "돌아와 보니/ 뚜껑이 개터래기 땅개 모르는 척이다/ 아무 말 허지 않는다". 다시 말해, '뚜껑이 개터래기 땅개'는 아들 친구들의 각자 별명들인데, 반정부적 시국 사건에 연루되었을 듯한 아들의 갑작스러운 귀향을 친구들은 "모른 척"하고 "아무 말 허지 않는다". 이 시의 내면에 드리운 어두운 분위기, 음기陰氣는 뒷부분에서도 이어진다.

시의 뒷부분인 "그슨새 지나간 자리 않고서야/ 숨죽이고 핀 꽃들 편던 달려나갔겠는가/ 돌아보도 않고 피반령 넘어 갔겠는가"를 보면, 악귀나 야차를 가리키는 방언 '그슨새'의 등장을 통해 아들과 엄니는 모순투성이와 온갖 부조리가

만연한 세상에서 핍박당하고 소외된 존재들임을 알게 된다. 물론 이 대목에서 가난과 고통을 견디고 살아가는 이 땅의 모든 가난한 인민들의 처지를 떠올리게 된다. 그렇다고 이 땅의 시골 사람들이 겪고 있는 수난의 삶을 이 시가 보여준다고 하는 것만으로 시의 해석이 끝난다면 이 시는 별 의미가 없게 된다. 이 시가 보여주는 내용들, 가령 모종의 시국사건이나 세계의 모순과 부조리에만 초점을 맞추고 나면, 이 시는 수많은 '민중시'들이 이미 보여준 상투성 내지 허구성의 한계 안에서 맴돌다가 사라질 것이다.

이 시가 지닌 시적 진실은 시인이 나름으로 깊은 수심정기의 세월 끝에 얻은 '엄니'라는 방언으로 유비되는 모심母心과, 모심의 모심[侍] 속에서 얻게 된 모어인 '방언'의 화용話用에서 찾아진다.

그 방언의 화용을 잘 보여주는 예로서 다음 두 가지를 들어보자. 먼저, 이 시에서 엄니[母]의 생생한 목소리가 나오는 대목이 소중하다.

새벽밥 준비허던 엄니
투거리 들고 장 뜨러 나왔다
아덜아 오짠일여 언능 들어가자
아니다아니다 정짓간 들어가
주먹밥 쥐어주며 잽히면 안 된다
엄니는 암시랑토 않응게 호따고니 넘어가그라

지푸재 새앙바위 뜬 그믐달인 거다

　고향 집인 '해나무텅이'를 몰래 들어선 아들과 갑작스레
마주친 '엄니'의 목소리, "아덜아 오짠일여 언능 들어가자 아
니다아니다 (…) 잽히먼 안 된다 엄니는 암시랑토 않응게 호
따고니 넘어가그라" 이 '엄니'라는 방언도 시적 화자에게 어
머니의 의미를 지시하기에 앞서, 의미를 확장하는 어떤 심혼
의 울림이 마음에 번져오는 시어라 할 수 있다. 이는 엄니의
육성인 사투리 목소리가 시 속에서 '청각적 소리의 기화'가
일어남을 보여주는 특별한 시학적 현상이라 할 수 있다.

　시인에게 '엄니'는 고향 옛집(투거리 들고 장 뜨러… 정짓
간… 지푸재 새앙바위…)의 화신이요 모심의 표상이다. 고향
집의 표상이므로 당연히 방언 '엄니'가 나온 것이다. 엄니의
목소리가 시 속에서 기화한다는 것은, 고향 방언인 '엄니'는
'어머니'라는 세속적이고 사전적인 의미에 머물지 않고 시
인의 시심에서 얼비치는 오염되지 않은 고향 지령의 화신
혹은 신령의 표현이란 점이 포함된 것이다.

　엄니의 모심이 지령과 합일 상태이기 때문에, "새벽밥 준
비허던 엄니"의 세속적 육성이 시 속에서 극劇 형식을 빌려
생생하게 살아나는 중에 아들이 연루된 모종의 사건은 자연
스럽게 고향 집의 잊었던 여러 공간들과 고향 집 주변의 자
연과 그 자연의 조화로운 기운과 한껏 어울려 기화한다.

　그러므로, 방언 '엄니'가 품은 '모심'은 시인의 시심에 깃

든 신령, 즉 '자기 안의 신령으로서 모심'이라 말할 수 있다. 그 시심에 내재하는 모심母心의 신령이 시 쓰기에 작용하는 근원적 힘이다. 그러므로 고향 집 모심이 시인 마음속의 지령과 다를 바 없다면, 모심의 기화는 천지조화의 능력과 같은 것이다. 이 모심과 지령이 하나로 어울리고 조화의 계기를 맞아 마침내 기화를 이루는 것이 육근상의 '방언 시'가 지닌 특성의 요체라 할 수 있다. 그리고 여기서 이 시 「해나무팅이」가 지닌 시적 진실이 드러난다. 이는 시인 육근상의 시가 찾아가는 지극한 모심은 고향의 지령과 다르지 않으며, 그의 시는 그 모심 또는 지령의 기화임을 여실히 보여준다.

이처럼 시인의 지극한 마음속, 곧 안의 신령함이 밖으로 기화하는 시어는 곳곳에서 찾아진다.

방금 말했듯이, 이 시에서 엄니의 대화체 육성이 나오는 극적 효과는 기억 속에서 불현듯이 나타나는 모심의 기화를 표현한다. 또한 '내유신령 외유기화' 관점에서 보면, 엄니의 사투리 육성이 지닌 생생한 현장성과 이질성의 소리 형식으로 인해 이 시엔 무가巫歌의 형식성이 은폐되어 있음이 유추될 수도 있다. 그 전통 무가 형식이 내포하는 다양한 형식성이 은폐됨에 따라 시의 내면적 형식성의 흔적들이 은밀하게 살아 있음이 느껴진다. 방언과 사투리의 구어투로 쓰인 육근상의 시 속에서 내밀한 산조散調 가락이 파편화된 소리의 마디들로서 들리는 듯한 것도 이와 무관하지 않다. 지극한 모심母心이 내는 목소리의 빙의憑依에 의해 다양한 토착어의 이름과 그 변화무쌍한 소리들은 각자 또는 더불어 어우러짐으로써 시에 신령스러운 기운을 불러오는 것이다.

다음으로 이 시에서 주목할 대목은, 시의 화자가 아들이 엄니를 만나고 다시 고향에서 멀리 피신하는 광경을 두고 "숨죽이고 핀 꽃들 펀던 달려나갔겠는가"라고 표현하는 구절이다. 이 시적 표현이 자연물의 상투적 표현으로서의 의인법에 머물지 않는, 예사롭지 않은 시적 상상력과 초감각을 감추고 있음을 새로이 이해하는 것이 필요하다.

고향에 계신 엄니는 아들의 귀향을 애타도록 기다리지만, 시의 화자는 이 엄니의 간절한 기운을 '숨죽이고 핀 꽃들'로서 표현한다. 이 표현은 의인법을 넘어서 해석되고 깊이 이해되어야 하는데 그것은 모심은 세속 현실에서의 '어머니'의 마음을 넘어 신령 혹은 지령 자체이기 때문이며, 이 모심이라는 신령이 시인의 시심을 움직이는 근원적 '묘처妙處'이기 때문이다. 이는 세상을 인간 이성의 영역에서 다다를 수 없는 마음[心]의 심층, 수심修心 끝에 접하는 신령함과 그 기운 속에서 이해될 수 있다. 시에서 세상의 악귀가 '그슨새'라는 방언으로 표현되고 있는 점도 시인의 신령한 세계관의 또 다른 표현이다. '그슨새'는 신령의 지평에서 보면 신령과 대립적 존재이다. 이는 육근상의 시심에는 합리적 이성과 물리적 감각이 닿기 힘든 신령[지령]의 세계와 그 초감각적 지평이 '시의 원천'을 이루고 있음을 암시한다. 따라서 '숨죽이고 핀 꽃들'은 그 존재 자체가 흔히 말하는 '인간(이성)중심주의' 관점에서 비유하는 의인법적 비유와는 다른 차원에서 이해되어야 한다. '숨죽이고 핀 꽃들'은 시인의 시심 속의 지령이 조화의 기운과 접함을 통해 드러난 표현이라 할 수 있다. 그렇기 때문에 실제로 육근상의 시에서 무당들이 등장하지만, 이는 단순히 시적 소재거리가 아니라 신령한 세계관의 반영으로 이해되어야 한다.

시인의 '신령한' 시심과 그 신령을 통해 바깥 세계와의 접령의 기운이 육근상 시의 상상력의 기본을 이룬다. '만신萬神의 세계관'은 은밀히 은폐되어 있다. 이는 소위 '서구 근대의 이성주의 시학'으로부터 '최령자(最靈者, 가장 신령한 존재로서 인간)'로서의 시인의 시 정신에서 나오는 것으로 이해될 수 있다. 고향의 '엄니'와 '꽃들'로서 표상된 모심母心의 신령과 바깥세상의 악령인 '그슨새'는 서로 반하는 존재들이지만, 세상은 '한울' 속의 저마다 신령한 존재들로 엮여 있다.

시혼이란 조화의 기운과 합치하려는 지극한 성심

이 시집을 통해 육근상 시심에서 모심母心의 모심[侍]의 원천을 엿보게 된다. 이미 말했듯이, 모심은 '엄니'가 지닌 시인의 사적인 의미에만 갇히지 않는다. 물론 육근상의 시에서 '엄니'는 사적 의미 영역에서 비롯된 방언이지만, 육근상 시인은 개인의 삶과 기억 속 엄니의 존재에서 '모심'이라는 신령한 존재를 접하는 데에로 나아간다. 시집 곳곳에서 시인의 시심은 엄니를 간절히 부르곤 하는데, 이는 지금은 부재하는 '엄니' 속에서 '근원적인 모심母心'°의 시혼을 부르는 것으로 해석될 수 있다. 이는 「화엄장작」 같은 시편에서도, 의미심장한 표현을 통해 드러난다.

> 한때 우리라는 말 민주라는 말 사랑이라는 말 더듬
> 거려 밤 잊은 적 있다 저녁 어스름이면 강변길 걸어
> 내일 기약한 적도 있다 청춘은 잔잔한 물결처럼 너그
> 럽다거나 젊은 아낙 뽀얀 발목처럼 가슴을 쿵쾅거리
> 게 한다거나 이렇게 차가운 저녁 바람 부는 날 엄니
> 품처럼 따스하지 않았다

> 컴컴한 고향 집 들어와
> 엄니처럼 아궁이 앞에 앉아
> 송진 단단하게 굳은 장작 집어넣으니
> 혼찌검 내는 듯 타닥타닥 소리 지르며
> 훤하게 나를 밝힌다

시 「화엄장작」에 이르면 육근상 시에서 모심의 사유와 감

° 근원적 모심은 확장하면, 대문자로 표시되는 '위대한 어머니Mutter', '大地의 모신', 造化의 근원으로서 陰 등과 같은 의미 지평에서 연결될 수 있을 것이다.

성은 더 명료해지는 느낌이다. 굳이 시국을 말하고 이 나라 민주주의 역사와 함께 명멸한 숱한 정치적 인간상들을 불러내지 않아도, 깨어 있는 누군들 역사의 뒤안길을 모르지 않다. 이 시는 "우리", "민주", "사랑"이란 말이 앞선 사회 참여의 시 의식에 대해 성찰하고 있음이 우선 눈에 띈다. 하지만 중요한 것은 '현실 참여'에 대한 성찰은 이내 은폐되거나 사라진 채, '컴컴한 고향 집에 들어와' 아궁이 앞에서 불을 지피시는 '엄니'의 모습이 시인의 초상과 오버랩 된다는 것. 고향 옛집의 아궁이 앞에서 삶의 근원으로서의 모심母心을 자각하는 것이다. 이때 고향 집의 오래된 지령이 엄니의 모심과 다를 바 없다.

육근상 시에서 모심은 세속적 효를 넘어선다. 시인은 '엄니처럼' 고향 옛집 아궁이 앞에 앉아 있으니, "혼찌검 내는 듯" "훤하게 나를 밝힌다"는 시적 깨침에 다가선다. '혼찌검' 은 엄니 혼령과 접령의 비유라 할 수 있다. 엄니 혼과의 접령이 시인의 시심 속에 잠재하는 모심의 모심이다. 이 모심의 모심은, 즉 '접령의 기운'은 시인의 수심정기가 필수적이다.

수운은 '시천주侍天主'의 '主'를 "주主라는 것은 존칭해서 부모와 같이 섬긴다는 것"(『동경대전』)이라고 손수 풀이하였으니, 세속적 삶 속에서 수행하는 시천주의 참뜻에 '모심母心의 모심[侍]'과의 깊은 연관성이 없을 수 없다. 시인은 세속 세계의 지난한 삶 속에서 '모심의 모심'을 통해, 곧 수심정기를 통해 시의 새로운 길[道]을 보게 된 것이다. 학습에 따른 관념이나 지식으로 엮인 제도권 시학 체계와는 아랑곳 없이 시인의 고향 집의 살림을 도맡고 땅의 지령을 지켜온 가난한 엄니의 삶 속에서 거룩하고 위대한 모심母心을 깨닫고 이 모심의 모심을 통해 육근상 시인은 스스로 웅숭깊은 시의 경지를 연 것이다. 이 시에서도 자재연원과 원시반본 이라는 개벽의 시 정신이 움트고 있음을 보게 된다.

　이렇듯 육근상의 시집 『동백』에서 모심을 모시는 일이 시 쓰기의 원동력이다. 시 「꿀벌」은 그 '모심'의 경지를 '꿀벌의 비유'로서 보여준다.

　　　　엄니가 생을 다하여
　　　　사경 헤매고 있던 날
　　　　마당 가득하게 작약은 피었네

　　　　뜰팡에 벌통 몇 개 놓고
　　　　꿀 따곤 하셨는데
　　　　겨울날이면
　　　　늬덜두 목숨인디 먹구살으야지
　　　　아나 아나
　　　　벌통에 설탕물 부어주곤 하셨네

　　　　그러던 초파일이었을 것이네

보광사 연등이 마을 휘돌아

나처럼 흔들리던 저녁 무렵이었을 것이네

꿀벌은 엄니 보이지 않자

모두 날아가 버렸네

허리에 상복 무늬 하고

끝없이 걸어 나오던 꿀벌들

밀랍을 먹감나무 가지에 발라놓아도

영영 돌아오지 않았네

—「꿀벌」전문

　이성이니 분별지란 것도 시천주의 마음에서 보면 별개의
한 부분에 불과한 것이다. 시천주의 마음은 미물이나 돌, 바
람, 구름에도 미치는 것이다. 인종人種이 내세우는 분별지와
는 동질이나 동류가 아닐 뿐이지, 공부와 수련이 꾸준한 사
람 마음에 만물은 실상으로서의 각자 마음을 비로소 내비친
다. 시「꿀벌」에서 꿀벌은 끊임없는 부지런함의 상징이다.
달리 말하면, 시에서 꿀벌은 지성至誠의 화신이다. 육근상 시
의 속내로 보면, 꿀벌의 성실성이야말로 무궁한 천지조화
의 성실함과 합일을 이루는 시인의 시혼을 비유한다. 시혼
이란 이 조화의 기운과 합치하려는 지극한 성심을 말함이
다. '다시 개벽'의 시 쓰기란 이 지성의 마음 곧 수심정기의
노력과 무관하지 않을 터다.

옛 성현은 지극한 성심을 가리켜 귀신의 속성이라 하였으니, '시귀詩鬼'의 비유가 꿀벌이라는 해석도 무방하다. 타락한 세상은 땅의 영혼을 삶의 밖으로 내몬 지도 오래이건만 시인은 꿀벌의 존재에서 지극한 모심母心을 보고 모심과 하나 된 시심을 깨닫게 된다.

시「꿀벌」에서도 육근상 시인의 시심은 엄니의 모심과 순수한 자연의 존재['꿀벌'이라는 侍天主의 존재]를 같게 여긴다. 가녀린 식물과 미물과 해, 달, 구름, 바람 등 조화의 기운과 능히 접속할 수 있는 지극한 모심의 시심에서는 '시천주'가 아닌 게 없다. 이와 같이 육근상의 시는 마음 안에 모셔진 모심의 작용에서 나온다.

母心의 모심[侍]에 깃든 귀신의 시

시인의 고향 사투리는 단순히 의미의 전달이라는 말의 기능과 효용을 넘어선다. 시인의 개인 방언 의식은 말소리 signifiant의 자기 내력 — 자재연원의 소리 — 을 깊이 아우름으로써 고향 방언에 은닉된 '지령地靈'은 방언의 소리가 지닌 '청각적 지각'을 통해 기화한다. 가령, 지령의 존재는 제도적(공식적)인 행정구역상의 인위적 지명이 아니라, 오랜 세월 주민들의 입말로 전해온 고향 땅의 자연생활 풍속 속에서 지어진 지명이며 이 비인공적 토착어 지명들은 그 자

체로 자신의 소리를 통해 지령의 소리를 은밀하게 불러온
다. 지푸재, 피반령, 새챙이, 가래울, 사러리, 애개미, 방아실,
동담티, 부소무늬, 더퍼리, 비금, 죽말, 핏골 등등 육근상 시
에 나오는 숱한 토착 지명들은 긴 세월을 거치는 동안 고향
의 자연과 풍수, 지질이나 물산, 역사 생활 민속 그리고 주민
의 애환을 지켜본 지령이 스스로 작명한 이름에 가깝다. 토
착어 혹은 토속어 지명들은 지령의 기화氣化의 표현이다.

　시인 육근상이 나고 자란 고향 주민들의 말투 가령, 힘아
리(힘), 엥간히(어지간히), 베까티(바깥) 같은 사투리에서도
오랜 세월 고향 주민의 삶과 하나를 이룬 지령의 기화가 은
미하게 전해온다. 뚜껑이, 개터래기, 땅개, 실비네, 삐깽이
네, 멸구네, 살구네, 짜구 엄니, 누렁이, 부소무늬, 지푸재, 피
반령, 아래무텅이, 우무텅이… 숱한 고유어나 고향에 인접
한 수많은 충청도 방언투의 별명들도 지령의 존재감이 느껴
지는 지기地氣의 환유들이라 해도 좋다. 이렇듯이 육근상의
시는 방언 및 사투리, 별명, 옛 지명 등 수 많은 토착어들로
서 엮고 짜서 시의 안으로는 지령의 깃듦이 있고 밖으로는
천지조화의 기운과 소통한다.

　바로 이런 까닭에 사람들은 설령 지령의 이름인 줄을 몰
라도, 또 방언의 의미를 몰라도 그 '토박이 시인의 말'들이
정겹게 입에 붙고 토박이말의 지령[신령]에서 비롯되는 조
화의 기운에 감응하게 된다.

육근상 시의 방언이 스스로 내는 '청각적聽覺的 소리'는 천지조화의 은밀한 소리를 닮아 있다. 자연의 소리를 품은 육근상의 '방언 시'는 시인의 시심과 천지 조화造化가 무애롭게 통하고 있음을 아래 시구는 보여준다.

　　새 소리도 바람 소리도 강물 소리도

　　나를 흔들어 깨우느라 일생 다 지나갔느니
　　　　　　　　　　　　　　　　　　—「벽화」중

　새 소리, 바람 소리, 강물 소리가 자연어인 방언 소리와 하나를 이룬 육근상의 시는 마침내「가을」에서 천지조화와 하나를 이룬 시의 도저한 경지를 드러낸다.
　세속적 인연으로 맺은 '엄니'에서 가없는 '모심'을 이어받고 이를 통해 천지인地天人의 통함을 본다. 이 조화를 체득한 시는 그 자체가 천지인이 하나가 된 풍경의 풍요다. '가을' 풍경의 풍요는 그 자체로 시귀가 가만히 읊조리는 천진난만天眞爛漫의 경지이다.

　　오목눈이 새 떼가 사철나무 담장 바짝 붙어 내려앉
　았다
　　열무 단 같은 개터래기 엄니 꽁무니 따라오던 검둥
　이가 컹 짖었다

고추밭 들러 익은 고추 몇 개 따 평상에 널어놓았다

목매 바위 넘던 노을이 강변까지 내려와 수줍은 듯
붉게 웃었다

해가 짧아졌고 도톰하게 영근 오가피 바람이 얼굴
스친다

강아지풀이 밀려드는 졸음 견디지 못하고

웅달 앉아 대나무 쪼개고 있다

바스락거리며 쏟아지는 햇살에 맨드라미가 길게
혀 물었다

산그늘 내린 아욱밭에 귀 익은 풀벌레가 이명처럼
운다

담벼락 타고 오른 노각 바라보는데

삐조리 감 하나 우엉밭으로 첩 하고 떨어진다

―「가을」전문

「가을」은 천지인이 일관되게 통하여 때에 따라 순환하고
마침 가을에 결실을 거두는 고향 풍경을 담담한 어조로 묘
사한다. 그것은 거의 무위이화로 전개되는 천지간의 풍경이
다. 가을 풍경은 무위자연의 천진난만한 기운이 가득하니
더없이 풍요롭다. 가을 저물녘 기운 볕 속에서 드러나는 하
늘 땅 사람이 조화를 이룬 풍경은 꾸밈없고 싱그럽기 그지
없다. 천지조화의 기운이요 자취이니 시를 접하는 마음은
이내 경건해진다.

시「봄눈」이 기막히다. 무위이화無爲而化에 능통한 시귀詩鬼가 남길 법한 시적 상상력의 흔적들은 가히 자유분방이다. 이 경이로운 시편에서 시인의 안과 밖이 한 조화造化 속에 있음이 보인다. 의미가 사라진 여백들을 거느리며 조화의 기운 속에서 시의 내용과 형식은 둘이 아니다. 사라진 내용이 형식이 되고 형식의 사라짐(여백)에서 숨겨진 내용을 만난다. 그러므로 이 시는 안과 밖이 따로인 듯 둘이 아니다. 형식과 내용이 분리된 높은 벽을 훌쩍 넘어 시의 안팎이 따로 있는 듯이 서로 소통하는 조화의 기운은 흥겹기조차 하다.「봄눈」의 첫째부터 셋째 연을 보라.

벙거지 쓴 아이들 몰려와
지그린 문 두드린다

이것은 빠꾸 손자
조것은 개터래기 손녀
요것이 여울네 두지런가
베름빡 달라붙어 봄바람 타고
손 내밀어 문고리 잡아당기고
성황당 자리 맴돌다 솟아오른다

요놈들
요놈들

마당 한 바퀴 돌아
흩날린다

이 시 또한 거침없는 천지조화의 기운이 가득한데, 이는
「동백」에서도 이어진다.

천지인이 지기至氣의 조화 속에서 무애無碍롭다. 그렇기에
육근상의 시에는 천진한 기운이 가득하다. 천지조화의 기운
과 통하는 시는 안과 밖이 불이不二다.

1
베까티 누구 오셨슈

잣나무 가지 흔드는 밤 언 강 건너 늬 아부지 오셨
나 보다 흩날리는 눈발 바라보며 흐릿한 전등불 바라
보며 엄니는 타개진 바짓가랭이 꿰매며 혼잣말이시
다 틀니 빼어놓았는지 뜯어낸 실밥 오물오물 머리에
얹고 방문 열어 먼 데서 오시는 눈발 바라보다 덜그럭
거리는 정짓문 바라보다

동백은 칼바람 부는 밤 새끼를 낳았구나 울타리 벌
겋게 핏덩이 낳아놓았구나 아이구 장허다 장혀 쓰다
듬어 바라보는 대청마루에 눈발도 잠시 쉬어 간다

2

동담티 넘어가는 동짓날 밤 마른 눈 흩날린다 이 고
개 넘으면 북에 식솔들 두고 내려와 홀로 지내는 노인
산다지 신세가 나와 같아서 산오리 몇 마리랑 손꼽아
기다리며 산다지 북청 얘기만 나와도 눈 반짝거려 이
런 밤 우리 오마니는 국수를 밀었어라우 눈길 밟으며
떠 오신 동치미 국물에 국수 말아 끌어 올리면 오마니
잔주름 같은 밤이 자글자글 깊어갔어라우 오마니 우
리 오마니 영영 오지 않는 아바이만 불렀어라우

베까티 누가 오셨슈

3

마른 눈 흩날리는 밤 누가 오신 듯 개가 짖는다
아버지 오셨다 간 듯 휘어지는 동백가지 컹컹 짖는다
—「동백」전문

'베까티'는 '바깥'의 충청도 사투리다. '베까티'는 그 토착
어 소리의 존재가 지닌 청각적 작용이 소중하다. 눈발 흩날
리는 겨울밤에 엄니는 바느질하는 중에도 '베까티' 소리에
민감히 반응한다. 이 지극한 엄니의 모심을 '베까티에 누구
오셨슈'라고 적는다. 부재하는 '아부지'를 기다리는 엄니의
혼잣말 "베까티 누구 오셨슈… 늬 아부지 오셨나 보다"라는

사투리 어투는 이 시의 깊은 속내를 드러낼 뿐아니라 육근
상 시가 지닌 웅숭깊은 특성을 함축하고 있다. 엄니의 마음
과 아부지로 상징되는 바깥세상은 나뉘어 있지만, 마음과
세상이 곧 안과 밖이 둘이 아니다. 내 안의 지극한 마음이 바
깥세상과의 조화造化 곧 무위이화를 이루어 원만히 통하는
것이다. 중요한 것은 바로 이때가 신통의 경지며 불이不二의
시가 태어나는 때라는 것. 이 지극한 모심母心과 세속 세상과
의 불이, 시의 안과 밖의 불이가 이루어지는, '접령의 기화'
의 존재가 '동백'이다.

'다시 개벽의 시학'으로 새로 보면,「동백」이 이룬 시적 성
취는 귀신의 경지이다. 시귀詩鬼가 생생하다. 이 시에서 들고
나는 '귀신'의 경지를 올바로 알기 위해선 졸고「문학예술
의 '다시 개벽'」에서 아래 대목을 참고하면 도움이 될 것이
다.

　　수운(水雲 崔濟愚)이 '기氣'를 풀이해놓기를, 성리
　학 또는 주자학의 '일기一氣'와는 차이성이 느껴지는
　'지기至氣'라 고쳐 부르고 나서, "'지至'라는 것은 지극
　한 것이요, '기氣'라는 것은 허령이 창창하여 일에 간
　섭하지 아니함이 없고 일에 명령하지 아니함이 없으
　나, 그러나 모양이 있는 것 같으나 형상하기가 어렵
　고 들리는 듯하나 보기는 어려우니, 이것은 또한 혼

원渾元한 한 기운이요(…)"(「논학문」)라고 풀이하여, 천지간 만물 만사에 "간섭하지 아니함이 없고 명령하지 아니함이 없음"을 강조한 것도 동학의 귀신이 유학(성리학 주자학)에서 말하는 귀신과는 차이가 있다 할 수 있습니다. 즉 기는 음양의 조화라던가 하는 천지 만물의 생성원리에 그치는 게 아니라, '기 안에 기 스스로 신의 성격을 내포'하는 것입니다. 그래서 동학에서는 일기라 하지 않고 '지기'라 합니다. 지기가 곧 하느님인 셈이지요.

사람의 마음이 개입하지 않는 천지 음양의 조화는 관념의 상像에 지나지 않습니다. 인심과 통하지 않는 귀신은 허깨비에 불과합니다. 그래서 동학의 귀신은 하느님이 인격으로 나타나(단군신화에서 환웅천왕이 '잠시 사람으로 화化함, 곧 '가화假化'하였듯이!) 수운 선생한테 "내 마음이 네 마음이다… 귀신이란 것도 나이니라."라고 가르침(外有接靈之氣 內有降話之敎)을 내려준 것입니다.

유가의 귀신이 천지와 스스로 통하는 타고난 양능良能이라 한다면, 동학의 귀신은 천지와 통하는 양능이라는 관념적 객체에 그치지 않고, 수심정기를 통해 사람 마음이 하느님의 마음과 그 기운과 하나가 되는 지기至氣에 이름으로서 사실적 묘력을 지니는 것입니다. 이 수심정기의 수행을 통한 '나'의 주체됨의 상태,

곧 동학의 귀신관으로 보면, '나'라는 주체主體는 음양의 기운[氣]이 '주'가 되고 마음[心]은 '체'가 되어, 귀신은 본연의 능력인 조화에 작용하는 '주체'인 것입니다. 서구 유기체의 철학에서 보면 지기는 '무규정적 힘'이며 귀신은 그 안팎에서 작용하는 신의 본성이라 할 수 있겠지요.

여기서 놓치지 말 것은, 하느님 말씀인 "내 마음이 네 마음이다. (…) 귀신이란 것도 나이니라"에는 사람 각각의 마음에 내재하는 귀신이면서 동시에 귀신은 천지 만물들의 각각에 내재하는 신령이라는 의미가 포함되어 있는 점입니다.

(…)

결국, 수운 선생의 '하느님 귀신'과의 접신('내 마음이 네 마음이니라') 상태는 수운의 마음에 지기 상태로서, 즉 마음과 지기가 일통一統 상태로서 '신과 사람의 합일'의 경지를 가리킵니다. '하느님 마음'과 수운의 마음 간에 서로 '틈이 없는 묘처'가 지기 상태의 시공간을 말하는 것이니, 이 '지기를 내 마음이 지금 속에서 앎'이 '지기금지至氣今至'요, 조화의 '현실적 계기'로서의 '귀신'의 존재와 그 묘용을 앎[知]입니다. 그러므로 귀신의 존재는 시천주를 통한 인신人神의 성격을 갖는 동시에, 천지조화를 주재하는 지기와 합습하는 '본체이자 작용(體用)'으로서 '현실적 존재'

입니다.

(…)

특히 조선 후기의 기일원론자 녹문(鹿門 任聖周)의 귀신론은 수운의 '하느님 귀신'이 지닌 기철학적 의미를 이해하는 데 도움을 줍니다. 18세기 조선의 성리학이 도달한 기일원론에서의 '귀신'은 음양 일기一氣의 양능良能이면서 '천지와 통하는 틈이 없는 묘처靈處로서의 본체와 그 작용(妙用) 능력'을 가리킵니다.(녹문 任聖周,『鹿門集』) 이 '틈이 없는 묘처'로서 귀신의 체體와 용用을 이해하면, 하느님이 수운에게 '강화의 가르침 降話之敎'으로서 내린[降] "내 마음이 곧 네 마음이다… 귀신이란 것도 나니라."라는 하느님의 언명에 담긴 심오한 뜻을 어림하게 됩니다. 이 동학의 귀신이 지닌 깊은 뜻을 유추하게 하는 또 하나의 가슴 절절한 예가 있는데, 그것은 수운이 순도하시기 직전에 제자인 해월(海月 崔時亨)에게 남긴 '옥중 유시'에서 찾아집니다.

1864년 봄 수운 선생이 좌도난정左道亂政의 죄목으로 순교하기 직전에 선생이 갇힌 감옥에 간신히 잠입한 충직한 제자 해월 최시형에게 전한 이른바 '옥중 유시獄中遺詩'에는 '하느님 귀신'이 내린 '강화의 가르침'(즉, '外有接靈之氣 內有降話之敎')을 깊이 이해하는 단서가, 마치 '은폐된 귀신'처럼, 은닉되어 있습니다. '순도시殉道詩'라고 명할 수 있는 이 '옥중 유시'는 아래와 같습니다.

등불이 물 위에 밝으매 틈이 없다 燈明水上無嫌隙
기둥이 마른 것 같으나 힘이 남아 있다 柱似枯形力有餘
나는 천명에 순응하는 것이니 吾順受天命
너는 높이 날고 멀리 달려라. 汝高飛遠走

첫 행 "등불이 물 위에 밝으매 틈이 없다"라는 시구는, '천지와 통하는 틈이 없는 묘처'로서 '하느님의 본체'를 비유한 것이니, 이는 바로 '하느님 귀신'이 수운한테 '내린' "내 마음이 곧 네 마음이니라(吾心卽汝心也)"는 말씀(降話之敎)과 같은 뜻으로 해석될 수 있습니다. '하느님 마음'과 '수운 마음' 사이에 '틈이 없는 묘처'(즉 '본체')로서 '하나'로 합해지고 통하는 상태, 바로 이 상태가 지기요 시천주의 마음 상태입니다. 인신人神의 상태인 것이죠. 거듭 말하거니와, 시천주의 인신 상태라는 뜻에는 유일신으로서 '하느님'이 아니라, 천지간 만물에 두루 내재하는 '만신'의 존재가 서로 이접離接하는 관계로서 무한히 연결되고 연관되어 있음을 함축하는 것입니다.

그 천심이 인심이 되어 천지인이 하나로 일통一統

한 마음 상태에서 비로소 귀신은 '묘처' 곧 '영처靈處'에서 어디든 '신적 존재'로서 드러나고 묘용을 발현하는 것입니다. (이 시구의 다음에 이어지는 "기둥이 마른 것 같으나 힘이 남아 있다"는 뜻도 '귀신의 묘용 묘력'으로 해석될 수 있습니다.)

그러하기에, 동학 창도의 직접적인 계기인 하느님과의 두 번째 접신에서 하느님의 가르침(降話之教)인 "내 마음이 곧 네 마음이니라. 사람이 이를 어찌 알리오 천지는 알아도 귀신은 모르니. 귀신이라는 것도 나이니라."라는 언명은 엄중한 진리를 담은 천명天命이므로, 수운은 자진하여 순도하기 직전 감옥으로 간신히 숨어든 아끼는 제자 해월에게 이 천명을 웅혼하고 심오한 명구名句에 담아 법통으로서 전수한 것입니다.°

지극한 마음의 경지, 곧 수심정기의 시 정신은 하느님과 수운의 마음이 하나로 통하는 경지이므로 시인의 마음은 비로소 하느님[侍天主] 즉 천지와 '틈이 없는 묘처요 영처'로서 불이 상태이다. 수운과 지극한 제자 해월海月의 마음이 하나로 통하듯이, 엄니의 모심과 시인의 마음이 불이인 경지로 통한다. 이 시에서 엄니의 마음에서 '아부지'는 없는 있음이요 있는 없음이며 바깥('베까티')은 엄니의 지극정성의 마

° 임우기, 「문학예술의 '다시 개벽'」에서 인용.

음 안이다. 엄니의 마음은 밖이 안이고 안이 밖인 불이인 경지이며 이러한 모심은 고스란히 시인의 시심이 된다. 모심과 시심에 귀신이 불이의 작용을 하는 것이다. 이 불이의 귀신이 어둡고 추운 겨울 한밤에 핀 '동백'으로 표상된다. 시인육근상의 지극한 수심정기가 표상된 '동백'은 귀신의 작용에 따라 '컹컹' 짖을 수 있는 초감각적 존재이다. 보이지 않음이 보이고, 들리지 않음이 들리는 이 도저한 '불이의 지각知覺'은 귀신의 작용에서 나온다. 시의 끝 구절 "마른 눈 흩날리는 밤 누가 오신 듯 개가 짖는다/ 아버지 오셨다 간 듯 휘어지는 동백가지 컹컹 짖는다"라는 '청각적 지각'의 경지는 바로 수운 동학에서의 '귀신의 경지'이다.

이처럼 「동백」에 들고나는 '귀신의 경지'를 보면, 이 시가 보여주는 의미 내용도 살펴야겠지만, 시에서 사투리의 '소리'가 일으키는 마음의 울림이 중요해진다. 이 '엄니'의 사투리 어투가 지닌 청각적 직핍성에 의해 시인의 마음에서 모심의 존재가 일어나 작용을 일으켜 어떤 시적 존재와 접하게 되니, 그것이 '동백'이다. 그러므로 이 시에서 '동백'이란 존재는 시의 안과 밖이, 없음과 있음이 불이不二로서 통하는 지극한 모심, 곧 '안의 신령神靈이 밖에 기화氣化하는'(侍天主의 뜻) 모심의 모심[侍]을 비유한다. 시인 육근상 시의 심오한 특성이 드러난 시요, '개벽적 시학'의 진면목이 은밀한 빛을 띠고 있는 시가 바로 「동백」인 것이다.

사투리가 지닌 본성인 청각적 기운과 작용은 내 안에 은

폐된 신령을 깨워 밖과 통하게 하고 동시에 밖의 세상이 안과 통하는 신기의 시 형식을 시「동백」은 내장內藏한다. 시의 자기 완결성이나 개별적 자율성을 추종해온 근대 시학과는 달리 시어가 지닌 신기가 시의 안팎으로 넘나들며 조화의 기운과 합하는 것이다. 예부터 귀신은 천지조화의 운기에 성실하다 하거늘, 육근상의 시편을 성심으로 접하는 독자는 시귀詩鬼가 내는 은미한 소리 또는 그 기운을 감지할 수 있다.

육근상의 최근 시편들은 가난하고 고된 시인의 삶에서도 일관된 시의 수련과 공부를 엿보게 한다. 지극한 마음으로 모심母心의 모심[侍]에 따라 자연히 깃든 고향의 지령이 밖으로 기화하는 소리 언어의 진실을 터득한 것이다. 시인이 사숙해온 이 겨레의 위대한 시인 백석白石의 시를 따르되, 육근상 시인의 성실한 수심정기가 저 모심의 시혼, 지령의 시어를 낳고 마침 시인 자신도 알게 모르게 독보적 시 세계를 이루어낸 것이다.

동백

1판 1쇄 인쇄	2024년 7월 4일
1판 1쇄 발행	2024년 7월 4일
지은이	육근상
펴낸이	임양묵
펴낸곳	솔출판사
편집	윤정빈, 임윤영
경영관리	박현주
주소	서울시 마포구 와우산로29가길 80(서교동)
전화	02-332-1526
팩스	02-332-1529
블로그	blog.naver.com/sol_book
이메일	solbook@solbook.co.kr
출판등록	1990년 9월 15일 제10-420호

ISBN   979-11-6020-206-9   03810

• 이 책은 대전광역시, (재)대전문화재단에서 사업비 일부를 지원받았습니다.
• 잘못된 책은 구입한 곳에서 바꿔드립니다.